歌集

ようこそ明日

春日真木子

角川書店

ようこそ明日　目次

装幀　片岡忠彦

歌集

ようこそ明日

春日真木子

今の今

永遠をもはや望まず一瞬の瞬なる訪れひたに待つ日々

うつくしき言葉束ねむ足許に蚊取線香時間《とき》の渦巻く

「天が下すべてに時機あり」コヘレトの言葉に対ふ老いてはをれぬ

日に一度何の合図か夕つ日を負ひて炎の満天星《どうだん》つつじ

庭隅の満天星つつじに時のあり春の壺花秋の紅葉《こうえふ》

薄紅葉濃紅葉《こもみぢ》かがやく満天星にほつと明るむ吾は夕紅葉

愛日のひかりを待たなくつきりと孤影ふかむる裸木の鋭ごころ

時を待つ言の葉を待つ樹々の下《もと》重み加はる待つとふ時間
千の日々蔵ひおきたる腕時計今の今なる時刻みゐつ

あまりにも過ぎゆく速きわが時間　節約ならず蓄へならず

籠り居の日々にしあれど今の今　未来の時間《とき》の最先端よ

九十歳の厨うた

起きいでて背筋ただせよ青竹の串にあたかも貫《ぬ》かるるごとく

立冬に立たす弱腰厨辺に冬菜のみどり今日の熱源

ひと夜寝せ大根《おほね》と鰤のほどほどの折り合ひを待つ冬のキッチン

うつぶせて山の姿の楽茶碗　山眠る黒　山笑ふ赤

白粥を祈りのごとくたちのぼる湯気に託さな今日のわが生

書きなづむ筆を刃《は》に替へ弾みたり鬱屈一挙に吐きいだすごと

哀しさは自《し》が体より　抱へたる水二リットルにたちまち沈む

胡麻　鹿尾菜《ひじき》　牛蒡　蒟蒻翳ふかく冬至に向かふわれの惣菜

風邪引くな有色野菜を冬至にと母甦へり南瓜割りたり

独りなり独りの悲《ひ》のこゑ押しころし冬菜茹であぐはげしき色に

キリスト者君の育てし青葱の曲りよろしも少しセクシー

太陽の届かぬ厨しんしんと冬の金物静けく並ぶ

火と水に命をもらふ冬ごもり明るき春の在るを信じて

風邪気味のあかき喉《のみど》に辷らさむ白魚あをく生き通す目を

春の韮卵にとぢる朝の粥　孵らぬ言葉をあたためながら

絹さやの莢をむきつつさみどりよ老いの五臓に届けこの艶

グーの手をパーと開きて渡さるる丸いお握り地球のやうな

双の掌にかかふるお握り一角がぽろり崩れた　地球あやふし

存へよとにもかくにも　干葡萄ひと粒づつの孤独食みつつ

託されし今生分の女わざまだ足りぬとて厨辺に立つ

歩く

一歩づつ私の重さに歩く道心に添はぬ「くらあい道だ」

とある木が坂の上より夕つ日に押され近づく歩めぬわれへ

なつくさの中野区野方の線路際どくだみ猛く草地獄なり

すれ違ふ胸より渡さる花いちりんかはらなでしこ少女のやうな
あてどなき遊歩にあれど桃いろの河原撫子道連れとせむ

夕ふかくなるころ路地にいでくるは杖を携ふ寿老の人ら

杖にきて蝶は三たび翅ひろぐ息づきやはき今日の客人《まらうど》

ようこそ明日

酷熱を逃れてゆかな山麓に独りの暮し自由人たれ

万緑のここはふところ在るがまま座右の銘はなにも要らない

山麓の水に幾たびも眼を洗ふ私の視線に炎を与へよ

今、今をよく生きるには澄んだ眼を　パスカルさんにお早うといふ

洗面台にすがるさみどり細き肢《あし》幼鎌切の命の明かり

朝露をとどむる夏草踏みしめむ草の根の張り優しく熱し

草の根の大地よりくる弾力を恃み踏み継ぐわが土踏まず

若き男の搬びてきたるガスボンベこれよりわれは火食三昧

台風に倒れし神木なりしとふ檜の俎板重くて持てず

朝《あした》より響動《とよみ》をなすは蟬時雨　雌松は落とす松ぼつくりを
緑蔭をいでて次なる緑蔭へ重き立体われを搬ばな

碓氷嶺にいまも口あくトンネルがミサイル避難の壕になるとぞ

廃線となりて久しきトンネルの赤き煉瓦のいまに親しも

トンネルが再び役立つごとき報これぞ時代の悲報ならずや

夕駅の柵に沿ひたるをみなへし丈を揃へて支ふ黄昏

老い初めしわれに相応ふもたそがれの光を帽にをみなへし群る

北空にゆるがぬ浅間嶺《あさま》を枕とす　いよよ扁《ひら》たしわれの寝嵩の

遡りわたしを辿るこの時間　浮きつ沈みつわたくしを問ふ

こんなにも時間たつぷり広がる夜誰と語らな過去世の誰か

閃きし言葉たちまち翻へる早う押さへよガラスの文鎮

白紙に今日在りにしを残さむに余白に入り来よ金のそよかぜ

「だいぢやうぶー？」問ひくるＴＥＬに「生きてます」短く答ふ心は潤ふ

風景の節くれだつを待つのみの念力一念今を生きぬく

節榑木《ふしくれぼく》櫟の林をめぐりたり颯颯とくる秋風を待つ

風に乗り台詞ひとひら口遊む「さよなら昨日　ようこそ明日《あした》」

茂吉の里へ

風かよふ幼な茂吉の在りし辺《へ》にたたかひ遊《あそ》びの声の弾みを

明治とふ時の扉を押し開く　勝てば官軍信じし民草

命名は守谷《もりや》茂吉よ韻を踏むひびきよ未来の歌の実りに

絶滅と聞きて久しき翁草茂吉生家に絮毛とばすは

「白頭翁《はくとうをう》」毛茛《うまのあしがた》科の翁草ああ口《くち》あかく咲くおきな草

芝付《しばつき》の御《み》宇《う》良《ら》崎《さき》なるねつこ草あひ見ずあらば吾《あれ》恋ひめやも　『万葉集』巻十四—三五〇八

万葉の東歌では「ねつこ草」共寝の一夜を恋しむあはれ

翁草その一名《いちみやう》の根付き草「ねつこ」はやさしきみちのく訛り

おきなぐさに唇《くちびる》ふれて帰りしがあはれあはれいま思ひ出でつも『赤光』

うなかぶす花に唇よせしとふ茂吉の「あはれ」逢へざるあはれ

籠り居を抜けていで来し上山《かみのやま》けふいきいきと動くわが唇《くち》

白毛のそよぐ絮毛ぞおきな草翁の羽の天飛《あまだ》む羨し

ゆきあひの一刻なれど翁草生《お》ふる直土《ひたつち》素足に踏まな

杖捨てて歩くたちまち立往生このまま里の黒子《ほくろ》とならめ

『赤光』を繰りつつおもふ紅《くれなゐ》のふかきに寄する茂吉オマージュ

油照り若葉かがやく木がくれにそよぎやまざり赤きスカーフ

幹あかくつやめき並ぶ赤松のあはひに在《おは》す茂吉胸像

茂吉記念館

赤松は雌松なりせばその梢《うれ》は風にそよぎてほほゑむならむ

直ぐ幹のあかきあはひに吾も並ぶ五月の風をはらり羽織りて

雌の松が風にそよぎて待つならむ胸像茂吉のあをき生動

全力もて車椅子より伸びあがる　『小園』手書きの歌稿の前に

小題より頁にわたす点線のこまごましきにもかがやく茂吉

骨の音

弓なりに撓ふ曾孫の足に生る成長痛とぞコキリコキリと

若萌えの樺の光のやさしさに濡れつつ伸びる若き骨あり

これはまた何のはからひ生枯れの私の足にぎくり鳴る骨

骨の音けふは陽気に鳴りつづき一《ひと》日《ひ》無言のわれとつきあふ

寝返りて骨の音聞く夢まみれ　骨に刻みし言葉いで来よ

ひそやかに骨に刻みて来し言葉　緋いろにあれよ私の言葉

いま此処に在るを問へとぞあかあかと夕日は隠る骨身を惜しめ

*

立鏡ときによこぎる媼あり蝶形骨を眉間にかかげ

老いの身に蝶の形の骨あるを知りて脳《なづき》のかるくなりたり

さしあたり共に春待つ蝶番《てふつがひ》蝶形骨よすこやかにあれ

鯨の海宇宙

いきしちにいきしちにとぞ生き継ぎて令和に迎ふ初の八月

飽食の耳に届けよ戦後初配給されしは海豚《いるか》の肉よ

なじみがたき海豚の肉よ皿にのせ戦後を蟄居の父に見せにき

ちかぢかと海豚をみつめてゐたりしが父は対ふも蘇我入鹿へ

飛鳥時の入鹿の国政掌握へ怒りは対ふ海豚を前に

古事《ふるごと》を知らぬ時世となりゆくを嘆く父はも　海豚は縮む

南瓜の花ゆるる庭より貰ひたりあな揚げたてのこれはカツレツ

戦中に絶えて久しき肉の味　何の肉とぞ問はず嚙みしむ

食べ終ふを待ちて明かさる鯨とぞおどろきあぐる声明るめり

*

足疼き眠れぬ夜半なりおのづから選びてゐたり胎児のポーズ

生前のかたちを選ぶ睡眠に海匂ひきてわれを揺らすも

長梅雨のひと夜をゆるり十歳児のあやつる画面に時を忘れつ

女童のてのひらにのる画面よりあな現はるる鯨の宇宙

鯨の祖先は五千万年前狼大の四つ足だつた

四つ足のまさに狼　陸棲にありし鯨に固唾を呑みぬ

四つの足鰭にとどめて水棲へ　五千万年は眼くらむ時間

白波をたてつくぐりつ海宇宙めぐる鯨よわれも添ひたし

艶めける皮膚ぬれぬれと相寄るは雌雄か交はす虹色ヘルツ

月光を浴びつつ跳ぬる一頭の眼のかがやきよ明日を見てゐむ

日本は国際捕鯨委員会を脱会、　商業捕鯨31年ぶりに再開さる

全世界の意に反しての再開に懸念の声ありまつたうな声

地球《テラ》の海平和にあれよ海宇宙鯨の勇姿ゆらにゆらして

はろばろと水平線を押しあげて鯨の回遊はてなくつづけ

睡眠の海にただよふ夢まみれ　鯨のこゑの聞こえて来ぬか

不機嫌な地球

地震《なゐ》、豪雨、呆れたことの溢るる今地球はほんとに円いのだらうか

ひと日かけ災禍の見舞書き継ぐを揺らす地震あり机上も荒野

不機嫌な地球の一隅烏瓜此処にひつそり葉隠れに殖ゆ

空よりも黄昏れ早き樹々の間に花烏瓜ほよほよと白

午後六時の白筒花よ薄絹の光と化せりこの幻想花

垣を越えゆらりかがやく蔓の先建築現場の足場を摑む

蔓草はみどりの鎖わが空を占拠の鉄骨ひしと巻くべし

*

狂ほしき炎暑蒸暑の夏なれど九十年を在りて逢ふ朱夏

ミサイルの発射伝ふやひるがへる蔓薔薇の花焦げてはゐぬか

冷房に鋼《はがね》となりしわが胸を太陽は射る白熱の矢を

庭木々も家の柱も乾ききりうそうそめぐる生枯れのわれ

単線の一輛電車走らせて机上に夢見むいまの旅路は

隣室の大き嚔に儚くもわが地図わが夢ゆらり消えにき

大地震《なゐ》は地球の嚔といふ男まさかまさかのそのしたり顔

押しだまり何処へもゆかぬ日の果ては樹々に寄りゆく言葉の木陰

椎の木はわれと同齢苔ふかくぞろりとながきその時間帯

青柿の落つる葉擦れの音のせりわれもほろりと溜息ひとつ

地にまろぶ稚き柿のさみどりの生気を拾ふ辞儀して拾ふ

*

地震《なゐ》揺りて駈け来し曾孫と血肉の鼓動互みにかき抱きたり

震度４家族《うから》五人《いつたり》吾を囲み共に揺られつ老いはほぐれつ

地震去りて四散ちりぢりディスタンスあつけらかんとまたも孤り居

傍へなる水二リットル地震に耐えじつとしてゐつ立ちたるままに

*

遊星と嘉せし地球が惑星となりて戸惑ふこれもコロナ禍

つるばらが昨日を越えて空に伸ぶたえざる命の流れ讃へよ

明日の手力

あをあをと桂若木をゆらしくる曾孫よわれにひと日添ふとぞ

桃色の笑顔に寄り来　桃色の踵をかへし跳ぬる女《め》童《わらは》
得意とて先づは作りし牛丼よあな紅生姜のほほゑみのせて

唄ひつつ刻みし大根《おほね》か味噌椀に浮かぶ薄切り三角四角

その母を待ちわぶ夕べのオムレツの今日のふくらみややに寂しも

平衡を失ふ勿れ寄り添ふは曾孫の直《す》ぐなる若桐の足

十歳児曾孫の介護のやさしさに感謝感謝沸騰点に

*

木の下に寄りてのＴＥＬとぞ曾の孫のまあかき口よ杏のやうな

十六歳進路求むる一すぢの澄み透るよしたゆたふもよし

戦中のわが十六歳を伝へつつ滑舌ならず意思なき日々の

戦時とふ巨き時代のてのひらに抑へられしよわが十六歳

語りても語り直せど繫がらぬすつぽり抜け落つ曾孫との距離

亀甲の紋けざやかに若竹の伸びの早さよ素志はどこまで

黄金の砂

男孫より貰ひし黄金の砂時計黄金の流れわれの生きの緒

家籠り何をか為さめ手の伸びてつとくつがへす砂の流れを

ほそほそと砂の漏れくる三分にわれにいで来よ黄金《くがね》のことば

細きほそきガラスのくびれを流れくる砂の金色《こんじき》時間の穂先

つれづれに返す砂漏よ音もなく砂の流るる私の時間

どちらが上どちらが下かくつがへすああ砂時計は時間泥棒

心臓《ハート》よりどつきんどきん足先へわれの血潮のうるほひてあれ

足先よりハートへかへる血流のほそほそしとぞ　逆立ちならず

うろこ雲つぎつぎ光る間より天の産ごゑあがる気配す

ゆったりと息吐きて吸ふを繰り返す動けぬ我に時空ひろがれ

わが小宇宙

ちひさなる鱗をまとふ越冬芽日々の正目に若萌えを待つ

年を経て棘うしなひし柊がまろき人語に囲まれてゐる

棘葉なる武装解きしか平成の終《つひ》の節分待つ柊は

鉄幹とふ雅称したしき老梅に冬の翼をたたむ鳥たち

十方を染めて没りゆく夕つ日よ未来果てなき時間《とき》に向かひて

はつなつの柿のさみどり空を撫づ讃へよたゆまぬ命のながれ

若萌えのみどりかがやく樹々のもと真幸くあれよわが肉体も

咲き初めしなでしこ小さきを髪に挿す　ひと日の私の力となさむ

鶴の脚なでしこの茎われの足明日の秋風待ちかねてゐつ

音韻のほろりほろりと咲きこぼる秋の花野に常命おもふ

あこがれに身を焼きながら日々をあれ　リルケの一行われのふるさと

野方のカント

花のなきさくらはただの立てる木よ空を突きさすくろき円筒

さくらとふ呼称消し去り見つめみむ節くれ皹われ親しき老木《おいき》

午後三時中野区野方の街道に後ろ歩きの翁ありとぞ

午後三時カントの散歩の定刻よ　野方のカントにそぞろ浮き立つ

永久平和十八世紀に説きにしを知りて親しも難解カント

目が足らぬああ哲学の目が足らぬ今にして沁むカントの言葉

転《こ》けるなと禁じられたる後退り　転けなば摑め大地の生気

後ずさり桜並木に沿ふ歩み　祖国、英霊　甦り来む

地球危機未来はなべて不透明　野方のカントよ背をもて開くや

現《うつつ》これの世

洗ふ洗ふ五指をひろげて洗ひをりいよよからつぽわがたなごころ

日に幾度五指のあはひを落つる水こぼすな洩らすな「生」への夢は

洗ひたるわれのてのひら寂しさう今ぞ握らな茂吉の赤茄子

マスクして交はす会釈のせつなきを目高が見てゐる眼を押し出して

顔面をいでて閉ぢざる双つ耳奇なりし耳がマスクを支ふ

家ぬちの安眠たしかむ双つ耳　マスク外ししすずしき耳の

コロナ見舞書きつぎ気づく「君」といふ文字にコロナの既に潜むを

人間はみんな孤り身二メートル隔てて虚し言の葉の揺れ

二メートル離れし対話に花咲かずいちはつ一本あはひに置かな

東京アラート発令下の街へ

からうじてマスクをいづる目力に車窓より見む現《うつつ》これの世

ぬばたまの夜空に聳ゆる都庁舎のあかあか妖し魔の発信か

林立のビル一斉にともる窓　違和いだきつつひろがる世界

此方の窓彼方の窓も垂直にただ垂直に閉ざしゐるのみ

どの窓もまたたきもせず吾は不在　われは時代の迷ひ子ならめ

ふともふとフロントガラスの捉へたる月のやさしさ月のぬくもり

透明な青

レインボーブリッジへ

コロナ禍に封印されし身を運ぶ虹の吊橋今日は何色

地下ふかき首都高速のもぐら道方位感なく沈黙ふかし

はるばると老いの遠目の捉へたる主塔の青よ透明の青

空の青海のあをより透明の青よ此の世の始原の青か

視神経形成のはじめの青といふ胎中体験誰《た》が覚えゐし

海匂ふ夕闇の青もまじりゐむ　声をたかめて青に向かへり

吊橋の主塔なる青くぐりつつ老い初めの身をあけ放ちたり

アラートの解除の後の都庁舎を確かめむとて急ぐ道のり

都庁舎も青に染まりて「ステイホーム」都知事の声を如実に伝ふ

都庁舎をとく離《さか》るべし青いろがステイホームとにらむやうなる

コロナ禍に今日も籠り居たそがれの窓はいつしか鏡となりぬ

ご機嫌な地球

目白にも鶫にもつつかれ白梅の蕊より匂ふ受難の生傷

芳紀はや過ぐる紅梅に寄りくるは雄の紋付鳥いつも一羽ぞ

移されし山椒の枝に発芽あり今年も新緑に加はるならめ

初芽より二の芽三の芽やがて躁いのちいのちと呟きてゐむ

肩甲骨ひらきすぼめて跳べざれば春の楽譜を胸に開かな

蔵ひ置きし金箔を空にかざしみつ　あな緑いろこの世は緑

深緑に加はる生命ぞ小さき芽に触れつつ伸ばせわが老年期

茂り濃き枝の透き間にまろまろと実る青梅小宇宙なす

思ひきり燃ゆる紅葉に近づかむ明日への憧れわれにもありて

朱に染まる柿の一葉が背に触れつ彼岸の誰の贈りものにや

一切の執着放下か樹々たちよさよならさよなら今年の葉っぱ

山法師の越冬の芽に触れたしと先づは重力押しあげてゐつ

しろがねの雨脚千本映す窓山の木霊の間近くなりぬ

アニミズムは長寿のみなもと庭木々に教へられたり円環時間

*

ぽつりぽつ梢を離る雨雫　かがやきながらふくらみながら

一滴の雫に映る小宇宙いただきたしよこのふくらみを

雨あとの庭はさながら池となり雨滴をうけて生るる水の輪

池の面にぽつりと沈む雨雫水の輪を生むわが心にも

幾重なす輪のひろがりにわたくしはいつしか前にのめりてゆけり

水の輪の美《は》しきひろがり今は昔はろばろむかしやがて微かに

今日の言問ひ

アンモナイトの渦を辿りて探らむか億年前の海の言葉を

からうじて机に届く薄ら日を恃み展かな明日へのページ

文法的スイッチ一つ加へたり自《し》が歌白き紙より起てよ

言葉が遠い社会が遠いもう少し耳目働けいまこそ遊行期

明るさか諦めなのか昏れそめし窓に顕はるわれのほほゑみ

白樺の若萌え美《は》しき下陰に緑に濡るる今日の言問ひ

ゆきくれて樺《かんば》の傍へに立つしばし樺木霊《こだま》と華の交信

いま此処に在ることの意味老いの意味問ひつつ昏るるわれの胸先

身は硬く沈むほかなき日々なれど声はかろらに宙《そら》にひびけり

完熟の白桃頬まで濡らしつつ齧るは楽しさやさやと独り

ぬれぬれと咽喉《のんど》をいづる言葉あれ　われに来るべき春促さな

媼宣言

新年《にひどし》の光は連れ来またひとつ年齢さらに生の重みを

ひとりでに開く扉にためらへり老いとふやさしき闇に誘はる

同年の君は翁よ男心《をごころ》に天《あま》飛ぶ羽あり羨《とも》しきろかも

貝殻骨はた踝に羽のなきわれは媼よ皿しかあらぬ

おとなしく媼にならむ銀《しろかね》の皿が待つなり黄金《くがね》の言葉

これよりは愛嬌よりも度胸とぞ　をみなのわれの老いへの対処

ざくろ顆《くわ》のはじけるほどの大声をたてむか媼の私の度胸

急きせきて生きるは愚か雨上がりの大地にわれも生きる根おろせ

*

シューベルト歌曲集よりふとこぼるからくれなゐのもみぢの一葉

大正四年、そめゐよしのの返礼にワシントンより贈られた花水木の丘にて

春しろき花枝にありし花水木もみづる赤に燃えあがりたり

身の限り伸びて仰がな紅葉《こうえふ》の言葉の木陰にしばし佇む

花水木もみづる赤に血の通ふ言葉を待たな　わが血が騒ぐ

転ぶなと声かけペンを走らせつ助動詞平仮名早くもまろぶ

カタカナとひらがな多く映ゆる歌されど振りたし漢字にてルビ

こゑ

初空のもとに憩へる両の手に百人一首の読み札百枚

いささかの節にのびのび透る声一首ひとこゑおお初々し

平仮名の旧かな遣ひ取り札に眼《まなこ》親しき大正世代

古畳にならぶ平仮名百まいに泳ぐてのひら母系三代

ここぞここ見落とす札にらんらんと瞠《みひら》くわれの一重瞼も

ましぐらに伸びるてのひら重なりて柔く押しあふ今日は好日

につこりと笑ひのまじる一語二語四世同堂《スーシートンタン》耳がよろこぶ

*

女《め》の孫の朗読教室朝なさなＺｏｏｍ画面に見入るひととき

白秋の「あめんぼあかいな」声あはせあな密閉の心揺るがす

三歳児も口をあはせて「アイウエオ」庭の丹《に》つつじ和してもえたつ

わたくしの声はわたくしだけのもの　声はりあげていろはにほへと

白いほほゑみ

車椅子になすなく過ごす私にも太陽は照る雲はかがやく

十五階病窓にみる青空に秋の雲生る　白いほほゑみ

うろこ雲しろがねいろに閃めけり鉛筆に乗り空を飛びたし

大軽率鳥《おほをそどり》といへどカラスはまつしぐら病窓よぎる翼ぬれぬれ

ＣＴに輪切りに撮らるるわが脳《なづき》　秘色《ひそく》ひそひそほほゑみてあれ

九十四年八ヶ月なるわが脳　澄みてありたり点せ夢の火

明るい休息

散りそめし梅の花びら風に乗るおのもおのもの距離それぞれに

千里眼千里の先を夢見つつ老いを忘れむ見えるふりして

終日を窓に向く椅子遠目ぐせ前のめりなるわれを支ふる

サボテンの花のくれなゐ痩せやすきわが小宇宙のけふの彩り

ポエジーの神は宿るやサボテンにやはやは生るる花の紅《くれなゐ》

杖捨てて歩くは春の草の道夢のなかなる明るい休息

海いろの絨毯の上《へ》に骰子《さい》を投げ朱点ひとつの行方見てゐつ

なにもせずじつとしてゐよ春日永あはれせつなし老いへの労り

春なのにじつとじつとの持続力黙食黙読なべてせつなし

春の草ほそほそと伸び一斉にかかぐる星よ三・一一忌

アメリカのニューリーダーを重ね見つ七十七歳歓喜の小走り

穴ごもりの十重なる闇を貫きて共棲み四代の声光るなり

明日は晴れ

歩行器にほこほこ歩む心拍を殖やさぬほどにゆるりほこほこ

疲れなば木により添へとぞあなかしこ文字の教へにわれは休まな

寒晴れの路地に日溜りみつけたり穴ごもりなる吾の異空間

背を伸ばし老媼の身を熟せとぞ路地の日溜りけふはがらあき

太陽がまるくわが背をぬくめたり私が少し濃くなるやうな

銀杏樹の黄落の輝《て》りに立ちつくす吾は歳月の洞にすぎずて

散り初めし銀杏黄葉をころがして路地はいざなふ明日へのわが路

踏みしめる初めの一歩にひきしまるわが後《うし》ろ姿《で》を見しことはなし

「明日は晴れ」希望のことばを胸にのせ木の間をくぐる風に乗りたし

九十五歳の厨うた

つれづれの日々の名残の火となれよ鮎の甘露煮ねぶりて食《たう》ぶ

火の穂なき火に長時間炊きしとぞ鮎の飴いろ眉目《みめ》も胎子《はらご》も

わたくしの無聊なる日の贈りもの鰤の照り焼き冬菇《どんこ》の艶煮

肉眼にはた肉筆に冴えあれとワインに煮込む牛の頬肉

馬手弓手絡みとまどふ傍らにごろんと大根《おほね》の白腕《しろただむき》が

肉厚の百合根の鱗剝がしゐつ大地ゆたかな母の香りす

味蕾とふ舌の蕾にそつと載す九十五歳の甘味薄味

密、密、密、照りつやつやし黒豆に蒸らす熱気よ密閉の時

リハビリの足を踏みしめ米を研ぐ今の気力を確かめながら

七草のすずなすずしろ押韻を涼しく刻む細き根までを

瞠ける目玉が怖いと手つかずの鮒の甘露煮　ゆるり味はふ

時を待て　言葉を待たなその間に充たす食欲ためらひもなし

火も水もとつぷり暮るる厨辺に薄明りゐむ今の私

虹がきてゐる

つやつやと光るてのひら八つ手葉は弥勒の朝日をたたふてのひら

籠り居は老惨ならずコロナ禍のもたらす時間よ孤独あかるし

ゆるやかに「生」を積みたき籠り居にいま一新のありと思はな

オンライン対面かなふ曾孫《ひいまご》よ手振り身を振りヤッホーヤッホ

びーどろの皿の上にて熟れを待つ桃をじわーんと大気が囲む

九十歳超えし端《はした》のまたも殖ゆ分水嶺をこえる心地ぞ

大正期この世にいでしわが足を平成生れのてのひらが撫づ

ふくらはぎヒラメ筋へのタッチケアわれに戻れよ鮃《ひらめ》の俊敏

左足につづきていづる右足を疑はざりき九十路《ここのそぢ》まで

朝なさな洗面の水に変若《をち》返れ　われの視線に炎与へよ

浅間嶺に初冠雪との便りあり遠目に浮かぶ不屈の微笑

またふえし鶯いろの錠剤をつまむ指先虹がきてゐる

一錠二錠薬確かむ指先をちらちらと染む虹の断片

眼《まなこ》こそ人間の窓　老い初めの遠目にひろがれわが小宇宙

ああ今日も二本の足に立ち上がり二本の手もて摑めよ自由

わたしの時間　平成じぶん歌

平成元年

戦没者墓苑に伸びし桜の根昭和のふくらみわれは超えたり

平らかに新元号に統べらるるわれは平和を呼吸しゐたい

五十年住み継ぐ土地の買ひあげを迫らるバブル崩壊直前

四苦八苦やうやく得たるわが土地ぞ冬木は輪郭くきやかに立つ

平成六年　夫逝く

運命愛うべなはむかなつと雲を洩るる光の一筋のもと

国土《くにつち》の緑化に励みし夫なりき逝きて親しも遠見の山野

ひとくちに言はば夫は太平洋ゆたにたゆたに吾を泳がせつ

夫在らぬ春の日永のがらんどう記憶に顕たす素の手素の足

平成十三年

ペットボトル重ね積みあげ新世紀架け橋となすさむざむしかも

平成十四年

羊水に抱かるる胎児をも混じへほがらほがらと屠蘇汲みかはす

われの子の子の子の生命《いのち》よ継ぎて来しこれぞ女《をみな》の胎のぬくもり

平成十五年　盟友高嶋健一逝く

朝に夜の電話なつかし健一のつね柔らかき和魂《にぎたま》のこゑ

「水甕」の体質改善図りきつ「ゆつくり急がう」合言葉とす

平成十六年九月一日二十時二分　浅間山爆発的噴火

はからずも受話器に聞きし爆発音浅間火口を火の鳥発つや

山が鳴る山が呻くと伝へくる危篤の家族《うから》見守るやうに

平成十七年『尾上柴舟全詩歌集』復刊

正座して正目に問はな柴舟の「短歌の未来」に抱きし危機感

レーザーに眼《まなこ》を灼かれ帰り来しわれを待つなり青焼校正

平成十九年　近江神宮に歌碑建つ

漏刻とふ水時計の刻む辺《へ》にわが歌刻む碑《いしぶみ》の建つ

秘色《ひそく》の水ひそひそ刻む神秘なる時間《とき》の流れを此処にとどめむ

めづらかな大字《おほあざ》小《こ》字《あざ》の呼称消え会員名簿扁たく並ぶ

わが脚の壮《さか》り過ぎしか携ふは伸縮自在の如意棒にあれ

衰へし二足歩行に添はせたし少年の脛《はぎ》匂ひたつるを

平成二十一年　イタリアの文芸評論家パオロ・ラガッツィ氏来日

「いま言葉は疲れてゐる」と言ひいでて促したまふわれの気力を

短歌《みじかうた》に和して生れしイタリアの五行詩ともに携へゆかな

日に幾度「イナバウアー」とぞ胸反らす曾孫と過ごす浅間高原

頭《づ》を振りて樺《かんば》を叩く啄木鳥《きつつき》よ原発稼働あやぶむひびき

平成二十五年「水甕」創刊一〇〇年を迎ふ

認めあひ競ひあひつつ一〇〇年の「和して同ぜず」今問はれゐつ

これよりが正念場とぞ求めたし一滴《しづく》の知恵　火いろの言葉

瑞《みづ》の葉がみるみる覆ひ変若《をち》かへる椎の古木よ羨しきろかも

平成三十年

身は枯れて精神《こころ》は実る今をこそとどまりてあれわたしの時間

ふかぶかと辞儀し送らな平成期銃声のなき三十年に

*

聖なる書コヘレトの章開きたるままに明けたり幸《さき》く繋がむ

話す書く食べる歩くをモットーにまだまだ一途のわたしの生身

単調にとび去る時よ目を緩《ゆる》めほとほと遠き太陽を呼ぶ

あとがき

本集は私の第十四歌集です。二〇一八年より二〇二一年前半までの作ですが、この度は歌を組み替え、あらたに構成をしています。

この間にコロナ禍により、地球も時代も大きな変化を齎しました。世界の万人が命の危機を感じるようになりました。この世界を挙げての時代の節目に、私はどのように対処してきたのでしょうか。見る、聞く、感じる、そして問うこと、これを明確にしたく、構成をしました。これは『何の扉か』につづく「扉」です。さらに今後如何に変わることができるのか、問いは続きます。

九十五歳を越え、日々刻々と時が過ぎ、過去がふえつづけますが、ふと、「今の今」という瞬間は、未来の最先端との思いに到りました。私の今の今を大切に彩りながら、明日へ向かいたく居ります。

歌集刊行に当たり、角川文化振興財団『短歌』編集長、矢野敦志様、編集部の打田翼様に大変お世話になりました。感謝申し上げます。装幀は『水の夢』、『何の扉か』に続き片岡忠彦様にお願いできるとのこと、嬉しくお待ちしております。

令和三年六月二十五日

春日真木子

著者略歴

春日真木子（かすが まきこ）

大正15年　鹿児島生まれ
昭和30年　「水甕」入会
　　55年　『火中蓮』第7回日本歌人クラブ賞
平成 3 年　『はじめに光ありき』第13回ミューズ女流文学賞
　　15年　「水甕」代表に就任
　　17年　「竹酔日」（30首）第41回短歌研究賞
　　27年　宮中歌会始召人
　　28年　『水の夢』第7回日本歌人クラブ大賞
　　30年　『何の扉か』第41回現代短歌大賞
令和 1 年　　同 第30回齋藤茂吉短歌文学賞

上記の他
歌集　『北国断片』『あまくれなゐ』『空の花花』『野菜涅槃図』
　　　『燃える水』『黒衣の虹』『生れ生れ』『風の柱』『百日目』
　　　『弥勒のうなじ』（伊語による翻訳）
著書　『私の短歌作法』『野方ノオト』

現住所
〒165-0027
　東京都中野区野方6-38-10

歌集　ようこそ明日《あした》

水甕叢書第913篇

2021年9月10日　初版発行

著　者　春日真木子

発行者　宍戸健司

発　行　公益財団法人　角川文化振興財団

〒359-0023　埼玉県所沢市東所沢和田3-31-3

ところざわサクラタウン　角川武蔵野ミュージアム

電話 04-2003-8717

https://www.kadokawa-zaidan.or.jp/

発　売　株式会社　KADOKAWA

〒102-8177　東京都千代田区富士見2-13-3

電話 0570-002-301（ナビダイヤル）

https://www.kadokawa.co.jp/

印刷製本　中央精版印刷株式会社

 ISBN978-4-04-884438-3 C0092